# Undead Girl Murder Farce

## À PARAÎTRE

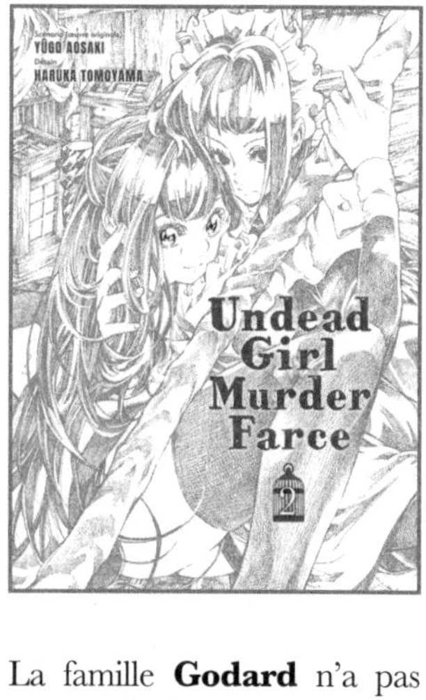


Couverture provisoire

La famille **Godard** n'a pas encore livré tous ses secrets et le voile est loin d'être levé sur l'affaire du meurtre de la comtesse vampire **Hannah**... Par ailleurs, le passé va bientôt rattraper nos détectives de l'occulte originaires du Japon.

Une anecdote - fin

# Une anecdote

HÉHÉ
C'EST ENFIN À MON TOUR DE BRILLER !
À SUIVRE...

TSUGA-RU !
METS UN TERME À CETTE FARCE !
FRSH
CLOC
FUIT

BLOM
CRAAAC
SHIZUKU, JE TE CONFIE MAÎTRESSE !
CLING
PLIC

TU MONTRES ENFIN TON VRAI VISAGE !
GWII
ROH !
HO...
BLAM
!
... HISSE !
CRAC
BOM

LÂCHE-MOI !

BWOM
TCHAC
ON ÉCOUTE LA DAME JUSQU'AU BOUT, MON PETIT !
!
TU PARAISSAIS SI PUR ET INNOCENT...

MOI ?

L'AUTEUR DU MEURTRE DE DAME HANNAH…
… C'EST TOI, RAOUL !

JE TE CROYAIS UN PEU PLUS INTELLIGENT !
QU'EST-CE QUE ÇA VEUT DIRE ?
IL N'Y A PAS DE SENS CACHÉ À MA REMARQUE !
FUIT

MADAME RINDÔ, MONSIEUR SHIN'UCHI...
L'ARME QUI A TRANSPERCÉ LA POITRINE DE MA MÈRE ÉTAIT CONSTITUÉE D'ARGENT PUR...
NOUS SOMMES DES VAMPIRES !
NOUS NE POUVONS TOUCHER CE MÉTAL !
EST-CE QUE...
... TU ESSAIES DE DIRE QUE, SI LE COUPABLE EST PRÉSENT DANS CETTE PIÈCE, IL S'AGIT FORCÉMENT D'UN DES DEUX DOMESTIQUES ?
!
TU ES UN PEU NIGAUD !

MADAME RINDÔ !
JE VOUS L'AI DIT TANTÔT...
NOUS SOMMES UNE FAMILLE, Y COMPRIS LES DOMESTIQUES !
QUI TUERAIT UN MEMBRE DE SA FAMILLE ?
AH...
...
FWSHHH
CLING

... SE TROUVE PARMI NOUS !
!!!

... CELA SIGNIFIE QUE CETTE PERSONNE DE CONFIANCE...
... L'INSTIGATEUR DE L'ATTAQUE AU PIEU D'ARGENT PERPÉTRÉE PAR HUGO...

DONC...
... HUGO REÇOIT UN PIEU EN ARGENT DE LA PART D'UNE "PERSONNE DE CONFIANCE"...
IL PREND POUR CIBLE LE COMTE GODARD SUR LES CONSEILS DE CE MÊME INDIVIDU...
MAIS IL RATE SON COUP ET SE FAIT TUER PAR LE COMTE !
LE COMTE PLACE LUI-MÊME LE PIEU DANS UNE RÉSERVE DU CHÂTEAU...
LA PERSONNE DE CONFIANCE, DISONS PLUTÔT LE COMPLICE, AURAIT ENSUITE UTILISÉ LE PIEU EN ARGENT...
... POUR ASSASSINER HANNAH DANS L'ENCEINTE DU CHÂTEAU !
OUI, PAS MAL... MAIS ALORS...

CELA FAISAIT ENVIRON SIX MOIS...
... QU'IL PRÉPARAIT SON EXPÉDITION !
IL M'A PARLÉ D'UN CONTACT EN FRANCE, UNE PERSONNE DE CONFIAN-CE...
... QUI LUI AVAIT FOURNI UN PIEU EN ARGENT !
HUGO EST PARTI, TOUT SEUL...
UNE PERSONNE DE CONFIANCE... UN PIEU EN ARGENT...
D'AC-CORD...
JE VOIS, JE VOIS...

C'EST LE CHASSEUR DE VAMPIRES QUE J'AI TUÉ POUR ME PROTÉGER !
QUATRE JOURS AVANT LE MEURTRE DE MON ÉPOUSE…
…
WIP
HUGO ÉTAIT…
… LE MEILLEUR CHASSEUR D'ALLE-MAGNE !
IL REFUSAIT L'IDÉE QUE LES DÉMONS ET LES HUMAINS PUISSENT COEXISTER !
ÇA NE LUI POSAIT PAS DE PROBLÈME DE BRA-VER LA LOI SI C'ÉTAIT POUR ÉLIMINER DES VAMPIRES, MÊME PACIFIÉS !

JO... JOSEF !
J'ARRIVE EFFECTIVE-MENT D'AL-LEMAGNE...
POURQUOI AS-TU ATTAQUÉ RAOUL ?
C'EST PUNI PAR LA LOI DE S'EN PRENDRE À UN VAMPIRE PACIFIÉ, TU SAIS ?
LA VEN-GEANCE...
CES VAMPIRES ONT TUÉ HUGO...
HUGO ?

GWII
REGARDEZ CETTE SUIE !
SUR LE COUDE ?
OUI !
VOILÀ MA PREUVE !
IL S'EST ACCOUDÉ DANS UN TRAIN À VAPEUR, VOILÀ D'OÙ VIENT LA TACHE...
C'EST UN LONG TRAJET ENTRE L'ALLEMAGNE ET LA FRANCE...
IL EST RESTÉ LONGTEMPS, APPUYÉ SUR SON COUDE DROIT, DANS SON WA-GON...
UN TICKET DE TRAIN SE TROUVE DANS SA POCHE...
IL EST DATÉ D'AUJOUR-D'HUI !
FLAP
ET VOILÀ !
COMMENT T'APPELLES-TU ?

CET HOMME...
...
UNE... TÊTE QUI PARLE ?
... EST ARRIVÉ D'ALLEMAGNE CE MATIN PAR LE TRAIN !
QU'EST-CE QUI VOUS FAIT DIRE ÇA ?
VOUS AVEZ DES PREUVES DE CE QUE VOUS AVANCEZ ?
SON MANTEAU, DE FABRICATION ALLEMANDE, POUR COMMENCER...
TSUGARU !
OUI !

CLANG
TU N'AS AUCUNE PREUVE POUR ÉTAYER CETTE THÉORIE !
QUANT À LA BLESSURE DE RAOUL, ELLE EST DÉJÀ GUÉRIE !
HEUREUSEMENT QUE LA FLÈCHE N'ÉTAIT PAS EN ARGENT...
CLAUDE, POSE CETTE ÉPÉE !
PÈRE !
ÉCOUTONS CE QUE MADAME RINDÔ VEUT NOUS DIRE !
HMPF
KEUH...
HÉHÉ

IMPOSSIBLE...
CLAUDE EST CERTES UN ADOLESCENT, MAIS SA PUISSANCE VAMPIRIQUE DEVRAIT LUI SUFFIRE À...
LÂCHE-MOI !
GWII GWII
GWII
POUR QUE TU TUES CET HOMME ? NON MERCI !
LAISSE-MOI FAIRE !
IL NOUS A ATTAQUÉS TOUT À L'HEURE !
JE SAIS QUE C'EST LUI QUI...
COMMENT PEUX-TU ÊTRE SI SÛR QU'IL S'AGIT DE L'ASSASSIN DE TA MÈRE ?
CLANG

QUE FAIS-TU ?
TU CROIS POUVOIR M'ARRÊTER AVEC TA FORCE HUMAINE ?
GWII
GWII
CRRR
?!
JE NE PEUX PAS BOUGER !
GWII
GWII
GWII
GWII
GWII
GWII
HÉHÉ...

GRAB
QUOI ?

VLAM

AVEC PLAISIR !
FWOOOM

FLOUTCH
SWIT
TING
OOOOH !
VLAP
KOF !
...
PAR-DON...
?
!
GRAND FRÈRE !
KEUH...
TUE-MOI SI TU L'OSES !
FSH
TAC
TAC
TAC
TAC

FUIT
CLANG
ÉRADIQUÉS, TU DIS ?
チャキ
TCHIC
...!
DANS CE CAS...
... IL VAUT MIEUX SE DÉBARRASSER DE TOI IMMÉDIATEMENT !
GRAND FRÈRE !
ARRÊTE ! JE N'AI QU'UNE ÉGRATIGNURE...
CLING
GWII

OH, MAÎ-TRESSE !
QUEL SUCCÈS ! ♡
KYAH !
JE FAIS BONNE FIGURE, OUI !
PFF
TCHIC
AAARGH !
BAM
CLAUDE !
BOM
!
URGH...
SALES MONSTRES...
VOUS SEREZ TOUS ÉRADI-QUÉS...
FSH
FSH
FSH

BLAM
CRAC-
AAARGH !
CHARLOTTE !
FWUM
QUE SE PASSE-T-IL ?
FUIT
CLING
EUH...
EH BIEN...
GISÈLE...
CE N'EST PAS UN SPECTACLE POUR UNE ENFANT...
ACCOMPAGNEZ-LA AU LIT !
...
MERCI, MADAME RINDÔ !

NON, DAME AYA !
ILS N'ONT PAS BOUGÉ !
TOC
TOC
GISÈLE ?
ALFRED ?
!

BAM
BOM
AAAARGH !
RAOUL !
CLAUDE !
TSAP
PÈRE !
RAOUL ! TOUT VA BIEN ?
OUI… J'AI ÉTÉ TOUCHÉ PAR UNE FLÈCHE…
SHIZUKU…
RIEN DE SPÉCIAL DU CÔTÉ DES DOMESTIQUES ?

...
は……
HAN...
MONSTRES ! JE VAIS TOUS VOUS BUTER !
JE VOUS TUE-RAI !
...
SILENCE, HUMAIN !

SPOF
FSH
FSH
C'EST TOI, HEIN ?
TU AS TUÉ MAMAN !
SPLOTCH
GRR
BON SANG !
BOR-DEL !
SI SEULEMENT J'AVAIS DES FLÈCHES EN ARGENT, VOUS NE FERIEZ PAS LONG FEU !
PFIOU
PFIOU

HAN
HAN
ÉCOUTEZ-MOI !
SIRE RAOUL...
... A ÉTÉ ATTAQUÉ PAR UN CHAS-SEUR !
CLAUDE EST SUR LE POINT DE LE TUER !

QUE...
QU'EST-CE QUE VOUS DITES ?!
...
JE SUIS DÉSOLÉE SIRE GODARD, MAIS...
... POUVEZ-VOUS RÉUNIR TOUT LE MONDE AU SALON ?
MONSIEUR !

... SE TROUVE PARMI VOUS !

LE COUPABLE...
HÉHÉ
... N'EST PAS UN CHASSEUR DE VAMPIRES !
LE MEURTRIER...

LE COUPABLE N'EST PAS UN CHASSEUR DE VAMPIRES !

NON !
AH
は…

HANNAH AIMAIT RÉPARER DES ANTIQUITÉS...
CE SONT SES OUTILS !
JE VAIS INSPECTER LE CONTENU...
TSUGARU !
TOUT DE SUITE !
CLANG
C'EST UNE BOÎTE À OUTILS STANDARD...
EST-CE QUE VOTRE ÉPOUSE L'UTILISAIT, LE JOUR FATIDIQUE ?
JE CROIS PLUTÔT QU'ELLE S'ÉTAIT ENDORMIE EN LISANT...
LE CHASSEUR DE VAMPIRES EN A SÛREMENT PROFITÉ...

IL S'AGIT D'AUTHENTIQUES LAMES...
EN OUTRE...
... IL Y EN A D'AUTRES DANS DIFFÉRENTES PIÈCES DU CHÂTEAU !
OH...
ET CE N'EST PAS DANGEREUX ?
QUELQU'UN POURRAIT SE BLESSER !
LES LAMES NE SONT PAS EN ARGENT !
UNE COUPURE CICATRISE PRESQUE INSTANTANÉMENT POUR NOUS !
AH OUI ! C'EST VRAI...
ET ÇA ?
HEIN ?
AH...

SWIT
POF
POF
ENFIN...
CES ÉPÉES SONT-ELLES FACTICES ?
NON...

ENSUITE…
UNE FLASQUE, TOUT CE QU'IL Y A D'ORDINAIRE…
LA PAROI EST POUSSIÉREUSE À L'INTÉRIEUR…
ÇA NE PART PAS, MÊME EN FROTTANT…
IL Y A DU SANG SUR LE BOUCHON…
GWII
ELLE CONTENAIT L'EAU BÉNITE, ON L'A CERTAINEMENT OUVERTE APRÈS LE MEURTRE D'HANNAH…

LE CÔTÉ GAUCHE PORTE DES TRACES DE SABLE ET L'EXPOSITION AU SOLEIL A DÉCOLORÉ LE CÔTÉ DROIT...
C'EST LA PREUVE QU'IL AVAIT ÉTÉ JETÉ QUELQUE PART...
NON, IL L'A SIMPLEMENT RAMASSÉ !
QUANT AUX MANCHES, ON VOIT QUE LE MEURTRIER A FAIT DES OURLETS À SA TAILLE...
HM ?
POURQUOI NE PAS AVOIR CHOISI UN MANTEAU AJUSTÉ À LA SIENNE ?
CLING
POUR ÉVITER LES PROJECTIONS DE SANG, CERTAINEMENT...
...?
MAIS POURQUOI CETTE PRÉCAUTION ?
OK... ON VERRA ÇA PLUS TARD !
SPOF
FUIT

UN MANTEAU JETÉ AU SOL…
UNE BOUTEILLE FERMÉE…
UNE DÉCORATION MURALE AVEC DES ÉPÉES…
COMMENÇONS PAR LE MANTEAU…
ENSANGLANTÉ SUR L'ENDROIT…
TISSU ÉPAIS, TAILLE PLUTÔT GRANDE…
HM ?
À CÔTÉ DE CE BOUTON…? UNE PETITE PIERRE…
LES POCHES NE CONTIENNENT RIEN…
PELUCHES EN NOMBRE…
SON PROPRIÉTAIRE NE DEVAIT PAS AVOIR LES MOYENS D'EN ACHETER UN NOUVEAU…
FWSH
ALORS, LE COUPABLE ÉTAIT SANS LE SOU ?

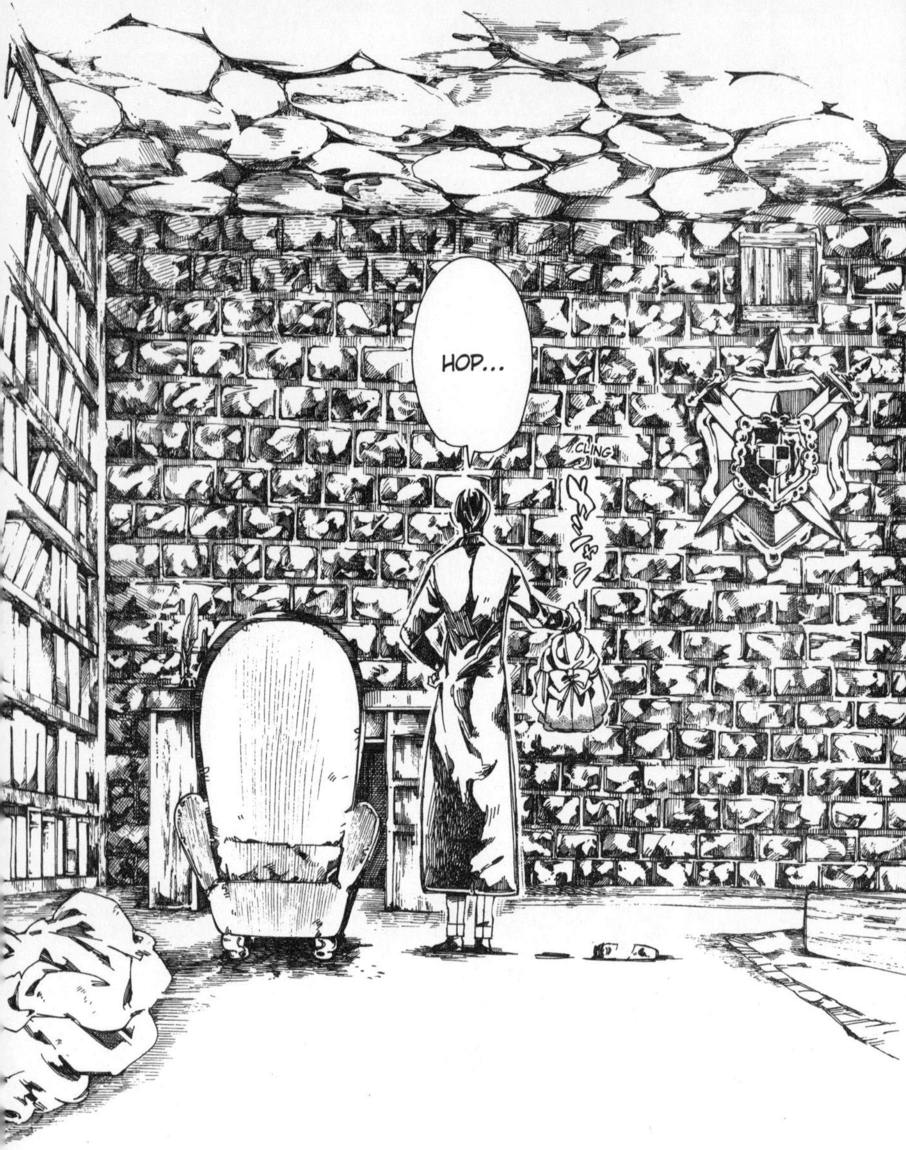
HOP...
CLING

BON…
SIRE GODARD, PUISQUE VOUS AVEZ FINI VOTRE REPAS…
… RETOURNONS SUR LE LIEU DU CRIME SI VOUS LE VOULEZ BIEN !
FSH
FSH
ENTEN-DU !
CLAC
FUIT
SHIZUKU…
SURVEILLE LES DOMES-TIQUES !
OUI, DAME AYA !
À VOS ORDRES…

FRSH
UN HOMME !
UN CHASSEUR DE VAM-PIRES !
TSAP

BOM
RAOUL!

LE TEMPS S'EST DRÔLEMENT REFROIDI !
SNIF
ON RENTRE AU CHÂTEAU ?
HAAA
NON ! JE REFUSE DE TENIR COMPAGNIE À CES DÉTECTIVES DE MALHEUR !
GRR
TU ES VRAIMENT TÊTU !
FRSH

NON... NI MOI, NI RAOUL...
CLAUDE, QUI ÉTAIT RESTÉ AU CHÂTEAU, N'A RIEN ENTENDU DE SUSPECT NON PLUS...
HUM... ÉVIDEMMENT... SI C'EST LUI LE TUEUR...
HÉHÉ
MON FILS NE PEUT PAS ÊTRE LE COUPABLE !
BAM
IL NE PEUT PAS TOUCHER D'ARGENT OU D'EAU BÉNITE !
PAR-DON !
C'ÉTAIT JUSTE UNE IDÉE EN L'AIR..
HÉHÉ
AAAH...
ATCHOUM !

QUAND JE SUIS ARRIVÉ, IL ÉTAIT DÉJÀ TROP TARD...
HORMIS LES MEMBRES DE VOTRE FOYER, VOUS N'AVEZ REMARQUÉ AUCUNE PRÉSENCE ?
BLOM

APPAREMMENT, CHARLOTTE TENAIT COMPAGNIE À GISÈLE DANS LA BUANDERIE... ALFRED LES AVAIT ENTENDUES CHANTER..
IL NE RESTAIT PLUS QUE LA CHAMBRE DE HANNAH...

LE CADENAS ÉTAIT BRISÉ ET J'AI VU LE PIEU ENSANGLANTÉ, PAR TERRE...
J'AI COMPRIS QU'IL S'AGISSAIT DE SANG DE VAMPIRE, CAR IL BOUILLONNAIT...
JE ME SUIS PRÉCIPITÉ AU SOUS-SOL, LÀ OÙ VIT MA FAMILLE...
ALFRED SE TROUVAIT DANS LE BUREAU...
CLAUDE ÉTAIT DANS SA CHAMBRE...

CE SOIR-LÀ, J'ÉTAIS SORTI EN FORÊT POUR PRÉPARER LE REPAS...
IL GELAIT À PIERRE FENDRE, MAIS J'AVAIS TOUT DE MÊME EMMENÉ RAOUL AVEC MOI...
NOUS AVONS ABATTU UN CERF PUIS NOUS SOMMES RENTRÉS... JE ME SUIS DIRIGÉ VERS LA RÉSERVE POUR Y RANGER MON FUSIL...

POURQUOI AVOIR CHOISI CETTE PROFESSION ?
BWAHAHA
PARCE QU'ELLE N'A PLUS QUE SES MÉNINGES !
BWAHAHA
TSAP
PAS MAL !
SHIZUKU...
BLAM
FWSH
OUI, DAME AYA !
TA FOURCHETTE !
ATTENTION, SHIZUKU !
TWIIING
SIRE GODARD ...
POUVEZ-VOUS NOUS FAIRE LE RÉCIT DE LA JOURNÉE DU CRIME ?

"FUSHI" ?
EN JAPONAIS...
... CELA SIGNIFIE "IMMORTELLE"...
JE VIS DEPUIS UN MILLÉNAIRE DÉJÀ !
CLANG
UN MILLÉNAIRE ?!
CINQ SIÈCLES REPRÉSENTENT DÉJÀ UNE BELLE LONGÉVITÉ POUR UN VAMPIRE...
JE SAIS ! MAIS MOI, JE NE PEUX PAS MOURIR !
SA LONGUE EXPÉRIENCE LUI DONNE UN AVANTAGE CERTAIN EN TERMES DE RUSE ET DE FOURBERIE !
PARLE POUR TOI, OUI !
はっはっは
HAHAHA

JE SUIS...
... CE QU'ON APPELLE UNE "FUSHI" !

... COMMENT UNE TÊTE SANS CORPS PEUT-ELLE ÊTRE ENCORE EN VIE ?

じろり
BWUUUM
SHIZUKU HASEI – SERVANTE D'AYA RINDÔ
...
PST
CRÈVE, IMBÉCILE !
SWIT
VLAP
HM ?
WAH
VOUS DEUX !
TSUP
DITES...

?
?
HUM... OK, OK...
WIP
TCHIC
EN TOUT CAS...
... VOUS SEMBLEZ ÊTRE UNE FILLE ADORABLE !
BAM
CE N'EST PAS LE CAS DE TOUTES LES DOMESTIQUES !
MUNCH
HÊHÊ
MUNCH
TING

... À PROPOS DE VOTRE MAJORDOME...
... ET DE VOTRE FEMME DE CHAMBRE...
SWIT
JE M'APPELLE ALFRED !
JE SUIS HUMAIN, MAIS LE MAÎTRE M'A TOUJOURS BIEN TRAITÉ !
JE...
FWUM
おず…
JE SUIS GISÈLE...
JE PENSE LA MÊME CHOSE...

SPLOTCH
WIP
...
MUNCH
TSUP
CE N'EST PAS DU SANG HUMAIN.
IL PROVIENT DES CERFS QUE NOUS CHASSONS EN FORÊT !
CLANG
OH ! OUI, BIEN SÛR..
SHLOP
JE VOULAIS VOUS DE-MANDER..

FUIT
JE N'AI PAS ENVIE DE RESTER DANS LA MÊME PIÈCE QU'EUX…
JE SORS EN FORÊT ! RAOUL, VIENS !
AH !
ATTENDS, GRAND FRÈRE !
TOC
TOC
TOC
TSAP
TSAP
IL EST UN PEU SOUPE AU LAIT, NON ?
ET TOI, TU ES TOUJOURS CONTENT !

TSUGARU SHIN'UCHI – "PORTEUR DE CAGE"
ON PARLE, ON PARLE...
ET SI ON PASSAIT À TABLE PLUTÔT ?
HÉHÉ
SCRSH
CLING
VENTRE SUR PATTES !
CE SERA SANS MOI !
TOUT ÇA M'A COUPÉ L'APPÉTIT !

GRAND FRÈRE...
MADAME RINDÔ EST CERTAINE-MENT...
... UNE SORTE DE MONSTRE, COMME NOUS !
RAOUL - FILS CADET DU COMTE GODARD
COMMENT ÇA ?
J'EXIGE...
... DES EXPLICA-TIONS !
WAH
C---CCCORG

CLING
OUI !
JE SUIS UNE TÊTE !
GRR
CETTE... TÊTE...
... ELLE EST EN VIE ?
CLAUDE - FILS AÎNÉ DU COMTE GODARD

QUE...
UNE TÊTE ?!
COMTE JEAN DUCHET GODARD - VAMPIRE PACIFIÉ
CHARLOTTE - FILLE DU COMTE GODARD

# Chapitre 2 – Vampires (2e partie)

... JE SUIS LA DÉTEC-TIVE...
... AYA RINDÔ !

UNE NOUVELLE FOIS...

Undead
Girl
Murder
Farce

UNE NOUVELLE FOIS...
... JE SUIS LA DÉTECTIVE AYA RINDÔ !
CLING

MONSIEUR LE COMTE...
HIHI
UN PEU DE POLITESSE, VOYONS !

OUIIIN
MON...
MONSIEUR SHIN'UCHI !
QU'EST-CE QUE...
HÉHÉ
QU'EST-CE QUE C'EST QUE CETTE CHOSE ?

CLING
FSHHH
AH !
OUPS !
CHARLIE !
SPOF
FRSH
TSUGARU...
HIC
SNIF
OUIIIN...

CHARLOTTE A TOUT ENTEN…
FWUUUM
LA CAGE À OISEAUX A PARLÉ…
… DU…?
GWII
OH !
FWSH

あははははは
HAHAHAHAHAHA
!
IL PARLE DE TOI !
カシャン
CLING
MAÎTRESSE... ON PARLE DE VOUS !
GRR
QUANT À VOUS, MONSIEUR LE DÉTECTIVE ! ARRÊTEZ VOTRE STUPIDE NUMÉRO DE VENTRILOQUIE !
CLAUDE !
OH !
SCRSH
SCRSH
ON PARLE DU MEURTRE DE MA MÈRE ! TRAITEZ L'AFFAIRE AVEC UN PEU DE RESPECT !
ARRÊTE, GRAND FRÈRE !

VOICI LA FRATRIE RÉUNIE !
PAPA !
CHARLIE...
COMME ILS SE RESSEMBLENT !
SPOF
PARDON, PÈRE ! C'EST CHARLOTTE QUI...
PAPA !
TU AS MONTRÉ LES CHAMBRES D'AMIS À MADAME HASEI ?
OUI... MAIS ELLE M'A RENVOYÉ PRESQUE AUSSITÔT...
JE ME CHARGE DU RESTE !
EUH...
TEL MAÎTRE, TELLE SERVANTE ! MALPOLIS !
CLAUDE !
GRR
GRR

PAPAAAA !
TAP
TAP
TAP
VIOUUUU
CHARLIE !
PAPA A DE LA VISITE !
TAP
PAPA !
TAP
CHA…
GNIII
DÉSOLÉ…
CHAR-LOTTE…
JE VOUS RENDS LA PHOTO !
TCHIK
IL Y A UNE BELLE ACOUSTIQUE CHEZ VOUS !

DAME HANNAH SE FAIT ATTAQUER ALORS QU'ELLE EST ASSOUPIE SUR UNE CHAISE...
L'ARME DU CRIME EST UN PIEU EN ARGENT QUI PROVIENT D'UNE RÉSERVE DU CHÂTEAU...
ENTRE LE DÉCÈS CLINIQUE ET LA PERTE DES FACUL-TÉS VAMPIRIQUES, LE MEURTRIER ARROSE LE CORPS D'EAU BÉNITE, CAUSANT DES BRÛ-LURES À LA POITRINE ET AU VENTRE...
...
TOUT ÇA POUR SE VENGER D'UN DÉ-MON...
ÇA NE VOUS PARAÎT PAS UN PEU TARABISCO-TÉ ?
HUM...

IL DOIT S'AGIR D'UNE VEN-GEANCE !
SÛREMENT UN COMPAGNON DE CE CHASSEUR...
SINON...
... POURQUOI S'ÉVERTUER À DÉROBER PRÉCISÉMENT CE PIEU DANS LES RÉSERVES POUR TUER HANNAH ?
URGH...
J'AURAIS PRÉFÉRÉ QU'IL ME TUE, MOI !
POURQUOI S'EN PRENDRE À ELLE ?
...
DES REPRÉSAILLES, HEIN ?
ふむ
HUM
SIRE GODARD, CONSIDÉRONS CETTE THÉORIE...

...
GRR
OUI...
...
QUATRE JOURS AVANT LE MEURTRE DE MON ÉPOUSE...
... J'AI ÔTÉ LA VIE À UN CHASSEUR DE VAMPIRES, EN FORÊT...
IL M'AVAIT ASSAILLI EN TENANT CE PIEU À BOUT DE BRAS...
LA LÉGITIME DÉFENSE A ÉTÉ RECONNUE ET JE N'AI PAS ÉTÉ POURSUIVI...
...
C'EST LE MÊME PIEU QUI A SERVI À TUER MA FEMME HANNAH...

RÉFLÉCHIS BIEN !
SI MADAME AVAIT ÉTÉ ENCORE EN VIE À CE MOMENT-LÀ...
... L'EXTRÊME DOULEUR CAUSÉE PAR L'EAU BÉNITE L'AURAIT RÉVEILLÉE !
HUM... PAS FAUX...
NÉANMOINS, SUR LA PHOTO, ELLE SEMBLE PLUTÔT PAISIBLE...
TOUTEFOIS, LES BRÛLURES...
BLA BLA
OUI ! VOILÀ POURQUOI ON PEUT CONCLURE QUE L'UTILISATION DE L'EAU BÉNITE A EU LIEU JUSTE APRÈS LE DÉCÈS, AVANT LA PERTE DES FACULTÉS DE LA VICTIME !
BLA
BLA
JE N'AI RIEN OUBLIÉ ?
VLAP
NON...
...
C'EST LE PIEU ENFONCÉ DANS LA POITRINE QUI A PROVOQUÉ LA MORT...
L'ARME ÉTAIT DANS L'ENCEINTE DU CHÂTEAU, N'EST-CE PAS ?

CEPENDANT, LA DÉPOUILLE D'UN VAMPIRE PERD SES FACULTÉS, N'EST-CE PAS ?
OUI, LE CORPS DEVIENT SIMILAIRE À CELUI D'UN HUMAIN NORMAL...
VOILÀ !
LE MEURTRIER A PROBABLEMENT ASPERGÉ VOTRE FEMME D'EAU BÉNITE AVANT DE LA TUER...
NON !
JE NE CROIS PAS !
MAIS L'EAU BÉNITE A BEL ET BIEN PROVOQUÉ DES BLESSURES...
IL EST PLUS VRAISEMBLABLE QUE L'EAU AIT ÉTÉ VERSÉE...
... ENTRE LE MOMENT DE LA MORT ET CELUI DE LA PERTE DES FACULTÉS VAMPIRIQUES !
OH !
COMMENT TU EN ARRIVES À CETTE CONCLUSION ?

MALGRÉ TOUT, CES CRÉATURES NOCTURNES SONT AU SOMMET DE LA PYRAMIDE DES DÉMONS...
ELLES N'ONT AUCUN POINT FAIBLE À PART L'ARGENT, L'EAU BÉNITE ET LA LUMIÈRE DU JOUR...
À L'INVERSE, LEURS CINQ SENS ET LEUR FORCE PHYSIQUE SONT EXTRAOR-DINAIREMENT DÉVELOPPÉS...
LEUR CORPS N'A BESOIN QUE DE QUELQUES SECONDES POUR CICATRISER UNE PLAIE NORMALE... ILS NE SONT VULNÉRABLES NI AUX DROGUES NI AUX POISONS... ILS SONT EFFROYABLEMENT PUISSANTS...

CHEZ LES VAMPIRES...
... LES OBJETS EN ARGENT AINSI QUE L'EAU BÉNITE CAUSENT DE PROFONDES BRÛLURES...
COMPARÉS AUX HUMAINS, ILS METTENT PLUS DE TEMPS À EN GUÉRIR...
QUANT À LA LUMIÈRE DU SOLEIL, ELLE PROVOQUE UN AFFAIBLISSEMENT PHYSIQUE GÉNÉRALISÉ...

QU'EN PENSEZ-VOUS, MAÎTRESSE ?
HÉMORRAGIE À LA SUITE DU TRAUMATISME CAUSÉ PAR LE PIEU... BRÛLURES DUES À L'EAU BÉNITE...
BRÛLURES LOCALISÉES AU NIVEAU DE LA POITRINE ET DU VENTRE...

CLING
C'EST UNE AFFAIRE VRAIMENT INTÉRESSANTE !
SIRE GODARD...
... AVEZ-VOUS PHOTOGRAPHIÉ LA SCÈNE DU CRIME ?
AH...
HÉHÉ
FRSH
FRSH
FRSH
WIP
BWUM
OUI, BIEN SÛR !
BWUM

LE "PORTEUR DE CAGE", HEIN...
MAIS... CET HOMME SEMBLE PLUTÔT...
... AU SERVICE DE LA CAGE...
PLUS HAUT !
OUI !
FUIT
CLING
CE N'EST PAS DE LA VENTRILO-QUIE...
HUM !
GWII
HUM...

...
MONTRE-MOI LÀ-BAS AUSSI !
OK !
ET ICI !
FLAP
EN HAUT !
EN BAS !
FLAP
FLAP
OUI !
À DROITE !
À GAUCHE !
OUI, OUI !
FLAP

À DROITE !
EN HAUT À GAUCHE !
ウロ
VLAP
キョロ
WIP
STOP !
キョロ
WIP
ACCROUPI !
ウロ
VLAP
...
キョロ
WIP
LÀ-BAS !
DEBOUT !
ウロ
VLAP
ウロ
VLAP
PLUS HAUT !
キョロ
WIP
PLUS BAS !
RIEN DE PARTICULIER ICI...
J'EN AI VU ASSEZ !
PASSONS AU BUREAU !
OK !
タッ
ピ
TSAP
DÉDOUBLEMENT DE LA PERSONNALITÉ ?
...

JEAN ?
TU AMÈNES UN INVITÉ ?
HANNAH...

CRIII
VOICI LA CHAMBRE DE MON ÉPOUSE !

LE PETIT THÉÂTRE DE TSUGARU SHIN'UCHI - BAISSER DE RIDEAU

OOOH
AH BON ?
IL NE SUFFIT PAS D'ÊTRE MORDU ALORS !
EN EFFET ! C'EST LA PUISSANCE VAMPIRIQUE DU SANG QUI PREND LE PAS SUR L'HUMANITÉ !
EN SUIVANT CETTE LOGIQUE, ON COMPREND QUE LES VAMPIRES NE RISQUENT PAS DE DEVENIR HUMAINS EN ABSORBANT LE SANG DE SIMPLES MORTELS !
HÉHÉ
EN OUTRE, S'IL SUFFISAIT D'ÊTRE MORDU POUR SE TRANS-FORMER, ON CROISERAIT DES DRACULAS À TOUS LES COINS DE RUE !
PRÉSENTÉ AINSI... DONC, LES VAMPIRES NE SUCENT PAS LE SANG DES HUMAINS QU'ILS SOUHAITENT VOIR REJOINDRE LEURS RANGS ?
HUM
HUM

LE PETIT THÉÂTRE DE TSUGARU SHIN'UCHI – LEVER DE RIDEAU

SHIN'UCHI

EN EFFET !
ELLE EST DEVENUE VAMPIRE AU DÉBUT DE NOS FIANÇAILLES...
"JEAN..."
VOUS CONNAISSEZ LA MÉTHODE POUR TRANSFORMER UN HUMAIN EN VAMPIRE ?
JE CROIS, OUI...
IL FAUT TRANSFUSER UNE CERTAINE QUANTITÉ DE SANG VAMPIRIQUE DANS SON ORGANISME, NON ?

CLAUDE EST MON FILS AÎNÉ !
RAOUL EST LE CADET…
ALFRED EST NOTRE MAJOR-DOME…
LA FEMME DE CHAMBRE S'APPELLE GISÈLE !
LA PETITE DERNIÈRE S'APPELLE CHARLOTTE !
VOUS AVEZ UNE FILLE AUSSI ?
SEULEMENT DEUX DOMES-TIQUES ?
LES GENS QUI ACCEPTENT DE TRAVAILLER POUR DES VAM-PIRES NE COU-RENT PAS LES RUES, VOUS SAVEZ !
J'IMAGINE, OUI ! LES HO-RAIRES DÉCALÉS, CE N'EST JAMAIS FACILE …
TU CROIS QUE C'EST LA RAISON PRINCI-PALE ?
VOTRE ÉPOUSE HANNAH… ELLE ÉTAIT HUMAINE, N'EST-CE PAS ?
…
HÉHÉ

LES PIÈCES DE VIE SE TROUVENT AU SOUS-SOL ?
OUI, C'EST UN BON MOYEN...
... D'ÉVITER LA LUMIÈRE DU SOLEIL...
TOC
TOC
TOC
OUI, ÉVIDEMMENT ! APRÈS TOUT, VOUS ÊTES UNE FAMILLE DE VAMPIRES !
AH ! AVANT D'INSPECTER LA SCÈNE DU CRIME, POUVEZ-VOUS ME DONNER QUELQUES INFORMATIONS SUR LES HABITANTS DU CHÂTEAU ?
OUI !
MA FAMILLE COMPTE QUATRE MEMBRES, SANS COMPTER MON ÉPOUSE...
NOUS AVONS AUSSI DEUX EMPLOYÉS DE MAISON...

FWOOOM
ひやり……
SILENCE, BON À RIEN ! ENCORE UN COMMENTAIRE DÉPLACÉ À PROPOS DE DAME AYA ET JE TE BUTE !
O... OUI... PARDON...
SANS... ... ... VOIX...
FSH
FSH
SIRE GODARD ! DAME AYA AIMERAIT COMMENCER SON ENQUÊTE AVANT LE LEVER DU JOUR !
POUVEZ-VOUS M'INDIQUER NOS APPARTEMENTS POUR QUE JE PUISSE Y INSTALLER SES AFFAIRES ?
TOC
EUH... OUI !
TOUT DE SUITE !
TING

ZBAM
HMPF !
EH OH, SHIZUKU ! PAS DEVANT TOUT LE MONDE QUAND MÊME !
VSHHH

… VOUS ÊTES VENTRILOQUE, C'EST ÇA ?
VOUS ÊTES CAPABLE DE PARLER SANS BOUGER LES LÈVRES !
J'AI DÉJÀ VU UN PAREIL SPECTACLE EN VILLE…
HÉHÉ
VOUS FAITES CROIRE QUE CETTE CAGE EST DOUÉE DE PAROLE !
EUH… NON…
JE COMPRENDS VOS DOUTES AU SUJET DE MA COLLÈGUE MAIS JE VOUS ASSURE, ELLE EST TRÈS PROFES-SIONNELLE !
HAHAHAHA
TING
GRR

GWOM
ATTENDEZ UNE MINUTE !
GWOM
CETTE CAGE À OISEAUX ? ÇA N'A PAS DE SENS, VOYONS !
C'EST UNE PLAISANTERIE ?
SI OUI, ELLE EST DE MAUVAIS GOÛT !
MAIS...
... C'EST POURTANT LA VÉRITÉ...
WAAAH !
ASSEZ, CLAUDE !
PÈRE !
LA POLICE REFUSE D'ENQUÊTER À CAUSE DE... BREF, NOUS SOMMES OBLIGÉS DE COMPTER SUR EUX !
CLAUDE...
DITES, MONSIEUR SHIN'UCHI...

CLANG
ICI MÊME !
JE SUIS AYA RINDÔ !
BWOOOM
FWSHHH

HEIN ?
GNII
VOTRE DOMESTIQUE S'APPELLE AYA RINDÔ ?
NON !
ELLE S'APPELLE SHIZUKU HASEI ! C'EST ELLE QUI PREND SOIN DE MA MAÎTRESSE !
SES LÈVRES SONT RESTÉES IMMOBILES...
...
EUH...
OÙ SE TROUVE CETTE AYA RINDÔ DANS CE CAS ?

JE VIENS D'UN LOINTAIN PAYS QUI S'APPELLE LE JAPON !
JE M'APPELLE TSUGARU SHIN'UCHI ! ÉGALEMENT CONNU SOUS LE SURNOM DE "PORTEUR DE CAGE" !
CLAC
ET VOICI MA MAÎTRESSE...
... MADAME AYA RINDÔ !
COMMENT ÇA, "MAÎTRESSE" ?
JE NE T'AI PAS PRIS COMME DISCIPLE, TSUGARU !

JE...
JE SUIS RENTRÉ...
HMM
GRR
RAOUL !
JE T'AVAIS INTERDIT DE SORTIR SEUL !
PA... PARDON, PÈRE !
TAC TAC TAC
DORÉNAVANT, TU NE SORS PAS SANS CLAUDE !
ALLONS, ALLONS ! IL NE LUI EST RIEN ARRIVÉ !
C'EST LE PRINCIPAL !
NON ?
HÉHÉHÉ
SPOF
EUH...
À QUI AI-JE L'HONNEUR ?
AH OUI ! J'OUBLIAIS !

HÉHÉ
EST-CE QUE MONSIEUR LE COMTE POURRAIT NOUS REMBOURSER LES FRAIS DE DÉPLACEMENT ?
TADAM

UN ENFANT HUMAIN EN PROMENADE NOCTURNE, AU BEAU MILIEU DE LA FORÊT ? PLUTÔT INCONGRU...
DONC, J'EN AI DÉDUIT QUE TU ÉTAIS UN PETIT VAMPIRE, ALLERGIQUE À LA LUMIÈRE DU SOLEIL !
JE SAIS ÉGALEMENT QUE LES VAMPIRES ONT UN SENS AIGU DU TERRITOIRE... J'EN AI CONCLU QUE TU N'ÉTAIS PAS LOIN DE CHEZ TOI...
ENFIN, VU TON ÂGE, L'HYPOTHÈSE QUE TU SOIS LE FILS DU COMTE GODARD M'EST APPARUE LA PLUS VRAISEMBLABLE !
...
VOUS AUSSI ÊTES COMME MONSIEUR HOLMES !
VOUS POUVEZ M'APPELER RAOUL !
ENTENDU, MON P'TIT RAOUL !
MAIS... DANS QUEL BUT M'AVEZ-VOUS INVITÉ À ASSISTER À VOTRE DÉMONSTRATION ?
JE VOIS QUE TU EN AS DANS LA CABOCHE, TOI AUSSI !
CE MALHEUREUX CONDUCTEUR DE CALÈCHE TENTAIT DE NOUS EXTORQUER DE L'ARGENT !
TROIS FRANCS !
JE RÉCLAME SEULEMENT MON DÛ !
QUI EST-CE ?
JE PROFITE SEULEMENT DU FAIT QUE LE FILS DE NOTRE EMPLOYEUR PASSE DANS LE COIN...

MAÎTRESSE...
TU PEUX EXPLIQUER TOI-MÊME !
OK !
"BONSOIR !"
LORS DES NUITS D'HIVER, PAR TEMPS CLAIR, LA LUNE BRILLE D'UN ÉCLAT PARTICULIER !
EUH... OUI ?
À LA NUIT TOMBÉE, POUR SE SALUER, ON DIT "BONSOIR" !
CEPENDANT, TU AS PRIVILÉGIÉ LE "BONJOUR" QUAND TU M'AS CROISÉ !
TYPIQUE DE QUELQU'UN QUI SE LÈVE AU CRÉPUSCULE ET DORT DURANT LA JOURNÉE !
EUH... OUI... BON-JOUR...

... N'EST AUTRE QUE VOTRE BONNE ÉPOUSE, LASSE DE FROTTER VOS VÊTEMENTS CHAQUE JOUR QUE DIEU FAIT !
QUELLE FEMME PRÉVENANTE !
VOUS DEVRIEZ LA CHÉRIR !
AH... OUI...
IMPRESSIONNANT !
ON DIRAIT SHERLOCK HOLMES !
ÇA SE VOIT QUE TU ES UN PETIT NOBLE, TOI !
TU CONNAIS MONSIEUR HOLMES ?
...
EUH...
COMMENT AVEZ-VOUS DEVINÉ QUE J'ÉTAIS LE FILS DU COMTE GODARD ?
JE NE CROIS PAS M'ÊTRE PRÉSENTÉ POURTANT...

…
UNE OBSERVATION PLUS DÉTAILLÉE DE VOS VÊTEMENTS ME FAIT DIRE QUE LA DERNIÈRE LESSIVE REMONTE À UNE SEMAINE !
JE NE VOIS PAS TRACE DE NOUVELLES SOUILLURES…
DONC, VOUS N'ÊTES PAS ALLÉ BOIRE DURANT LES SEPT DERNIERS JOURS !
MAIS… S'IL AIME TANT ÇA, POURQUOI CETTE ABSTINENCE ?
OH !
ELLE A PIQUÉ TA CURIOSITÉ, HEIN ! TU AS BIEN FAIT DE VENIR..
… N'EST-CE PAS MAÎTRESSE ?
UN PEU DE SILENCE PENDANT MON EXPOSÉ !
VOUS SEMBLEZ EN PLUTÔT BONNE FORME, DONC J'EXCLUS LES RAISONS DE SANTÉ…
ALORS, C'EST QUELQU'UN QUI VOUS A DEMANDÉ D'ARRÊTER !
ET CETTE PERSONNE…

AU NIVEAU DU VENTRE, LE TISSU DE VOTRE VESTE EST USÉ ET DÉCOLORÉ...
J'EN DÉDUIS QUE VOUS FAITES SOUVENT TOMBER DE LA NOURRITURE À CET ENDROIT...
CHEZ UN ADULTE, IL N'Y A QUE L'IVRESSE QUI PEUT EXPLIQUER ÇA !
J'EN CONCLUS QUE VOUS ALLEZ BOIRE DANS DES AUBERGES DIRECTEMENT APRÈS VOTRE TRAVAIL !
PUIS, QUAND VOUS VOUS DÉCIDEZ À RENTRER...
... VOTRE BONNE ÉPOUSE LAVE VOTRE UNIFORME À LA MAIN POUR QU'IL SOIT PRÊT POUR LE LENDEMAIN ! VOUS, VOUS N'ÊTES PAS EN ÉTAT DE LE FAIRE...

EXCÉDÉE PAR SA FRÉQUENTATION IMMODÉRÉE DES DÉBITS DE BOISSON, SA FEMME VIENT DE LUI INTERDIRE TOUTE CONSOMMATION D'ALCOOL POUR UNE SEMAINE.
CO... COMMENT ?
UNE SIMPLE OBSERVATION DE VOTRE UNIFORME !
EUH... JE NE VOIS RIEN DE PARTICU-LIER, MOI...
TSAP
TSAP
TSAP

TU ES LE FILS DU COMTE GODARD, N'EST-CE PAS ?
HÉHÉ
HEIN ?
VIENS, ON VA S'AMUSER UN PEU !
PAR ICI !
EUH...
TSUGARU, NE M'EXPOSE PAS EN SPECTACLE !
HAHA
POURQUOI PAS, MAÎTRESSE ?
TU NE CHANGERAS JAMAIS !
L'HISTOIRE DE NOTRE CONDUCTEUR VA TELLEMENT TE TOUCHER QUE...
... TU VAS TE SENTIR OBLIGÉ DE LUI PAYER SES TROIS FRANCS !
HEIN ?!

TSAP
TAP
!
TING
びくっ
FSHHH
AH...
BIEN LE BONJOUR !
EUH... OUI...
BONJOUR...
...
TU AS UN MOMENT, MON GARÇON ?
EUH... JE NE FAIS QUE PASSER...
OUI, OUI ! BIEN SÛR...

VOUS DEVEZ ME PAYER !
IL FAUT BIEN QUE JE MANGE QUAND MÊME !
HUM...
ラーん
J'IMAGINE, OUI...
TSUGARU !
DONNE-LUI SES TROIS FRANCS !
IL DOIT NOURRIR UNE ÉPOUSE BIEN-VEILLANTE ET TRAVAILLEUSE !
HEIN ?
OH !
MAÎ-TRESSE...
WIP
C'EST L'HEURE DE L'EXPOSÉ ?
NON ?
EH ! OÙ VAS-TU, TSUGARU ?
WIP WIP WIP WIP WIP WIP WIP
くるくるくるくるくるくるくる

QUI SONT CES GENS ?
QUE FONT-ILS ICI ?
PÈRE EST PEUT-ÊTRE AU COURANT...
VSH
...
MONSIEUR !

CESSE D'EMBÊTER NOTRE CHAUFFEUR !
... COM-MENT FAIT-ELLE POUR PARLER ?
GWII
JE N'AI PAS VU SES LÈVRES BOUGER...
...
ROOH ! CE N'EST PAS DRÔLE !
J'AVAIS TROUVÉ LE MOYEN DE FAIRE DES ÉCONO-MIES !
HEEEIN?!
C'EST TOI QUI N'ES PAS DRÔLE !
!

HÉHÉ
CLANG
... UNE RÉDUCTION D'UN FRANC PAR PASSAGER ET ON EST QUITTES !
UN FRANC ?!
UNE REMISE DE DEUX FRANCS AU TOTAL ?!
VOUS COMPTEZ ME PAYER UN SEUL PETIT FRANC POUR LA COURSE ?
HEIN ?
BAH NON !
TROIS FRANCS DE RÉDUCTION !
PUISQUE NOUS SOMMES TROIS VOYAGEURS !
TROIS VOYAGEURS...? JE NE VOIS QUE DEUX PERSONNES, MOI !
AH BON ?
NOUS SOMMES POURTANT BIEN TROIS !
OÙ ÇA ?
BON ! ET PUIS, UNE RÉDUCTION DE TROIS FRANCS, ÇA VEUT DIRE QUE LA COURSE EST GRATUITE !
EFFECTIVEMENT !
TSUGARU !
?!
CETTE FILLE...

... IL FAUT TENIR COMPTE DES DÉSAGRÉMENTS CAUSÉS PAR LES CAHOTS !
HÉHÉ
VOUS AVEZ DIT VOUS-MÊME QUE VOUS ÉTIEZ HABITUÉ TOUT À L'HEURE !
WAH
あせ
J'AI DIT ÇA, MOI ?
JE N'AURAIS PAS DIT QUE J'ÉTAIS "PLUTÔT HABITUÉ" ?
?
あせ
WAH
あせ
WAH
FWIT
BON...

MONSIEUR...
VOUS VOULEZ BIEN ME PAYER ?
PAYER QUOI ?
LA COURSE, MONSIEUR ! POUR DEUX PERSONNES, C'EST TROIS FRANCS !
CE N'EST PAS DONNÉ !
HÉHÉ
C'ÉTAIT UN LONG TRAJET !
GRRRR
MAIS...

J'AI ARRÊTÉ LA CALÈCHE !
VRAIMENT ? MON ARRIÈRE-TRAIN RESSENT ENCORE LES VIBRATIONS DE LA ROUTE !
BRR
WIP
TSAP
C'EST COQUET PAR ICI !

HA-HAHAHA-HA !
SPOF
CLANG
CLANG
CLANG
CLANG
FUIT
QUI SONT CES GENS ?
HMPF
ILS TRANSPORTENT CE DRÔLE D'OBJET...
CLANG
JE N'AI VRAIMENT PAS DE BOL CES DERNIERS TEMPS !
CLANG
AVEC MA FEMME QUI M'INTERDIT DE BOIRE DE L'ALCOOL AUSSI...
CLANG
J'AURAIS MIEUX FAIT DE REFUSER CETTE COURSE...
CLANG
CLANG
...
NOUS SOMMES ARRIVÉS, MONSIEUR !
FRSH
FRSH
CRIII

HÉHÉ-HÉHÉ !

... TÂCHEZ DE VOUS DÉPÊCHER, MAIS LENTEMENT !
HÉHÉ
C'EST N'IMPORTE QUOI !
CLANG
LAISSE TOMBER, TSUGARU !
CLANG
CLANG
BLOM
OH, MAÎTRESSE !
VOUS ALLEZ MIEUX ?
NON ! MAIS JE PEUX LE SUPPORTER...
CLANG
CLANG
EN OUTRE...
... MÊME SI JE LE VOULAIS, QUE POURRAIS-JE BIEN RÉGURGITER ?
CLAC
VOUS MARQUEZ UN POINT, LÀ !
...?

ガタ
CLANG
ひょいっ
WIP
MONSIEUR LE CONDUCTEUR !
MONSIEUR !
CLANG
ガタ
CLANG
ガタ
CLANG
ガタ
QU'Y A-T-IL, MONSIEUR ?
ON EST DRÔLEMENT SECOUÉS, VOUS SAVEZ !
CLANG
CLANG
CLANG
C'EST COMME ÇA AVEC LES ROUTES DE CAMPAGNE, MONSIEUR !
ÇA SECOUE TELLEMENT QU'ON EN A MAL AUX FESSES ! SANS PARLER DE LA NAUSÉE ! MOI, ÇA PASSE ENCORE, JE SUIS PLUTÔT HABITUÉ, MAIS MA CAMARADE COMMENCE À SE SENTIR MAL... ELLE EST SUR LE POINT DE RENDRE SON REPAS ! JE PRÉFÉRERAIS QU'IL NE SORTE RIEN D'AUTRE DE SA BOUCHE QUE SES HABITUELLES REMONTRANCES À MON ÉGARD, SI VOUS VOYEZ CE QUE JE VEUX DIRE !
EN RÉSUMÉ, EST-CE QUE VOUS POURRIEZ RALENTIR LÉGÈREMENT LA CADENCE ?
ツラ TSUN
ツラ TSUN
ツラ TSUN
ガタ
CLANG
DANS CE CAS...
NOUS ARRIVONS BIENTÔT ! PRENEZ VOTRE MAL EN PATIENCE !
ガタ
CLANG

FWAAASH
... TSUGARU SHIN'UCHI ET AYA RINDÔ !
LE PREMIER EST SURNOMMÉ "LE PORTEUR DE CAGE"...
ILS FORMENT UN DUO DE DÉTECTIVES SPÉCIALISÉ DANS LE DOMAINE DES DÉMONS !
GROLL
GROLL
GROLL

À CE PROPOS…
EST-CE QUE…
… VOUS AVEZ ÉTÉ CONTACTÉ PAR DEUX PERSONNES VENUES D'ASIE ?
!
COMMENT SAVEZ-VOUS ÇA ?
TING
!!!
J'EN ÉTAIS SÛRE !
DODOM
…
CE DOIT ÊTRE…
FWSHHH

JE M'APPELLE ANNIE KERBER, JE SUIS UNE JOURNALISTE DE PARIS !
VLAP
JE VOIS, UNE JOURNALISTE...
TOUJOURS PROMPTE À DIFFAMER LES NON-HUMAINS, J'IMAGINE...
RENTREZ CHEZ VOUS !
...
SIRE GODARD ...
VOUS AVEZ PLACÉ UNE PETITE ANNONCE DANS LE JOURNAL POUR RECRUTER UN DÉTECTIVE, N'EST-CE PAS ?
NYARK
EST-CE QUE VOUS AVEZ DES CHOSES À CACHER À LA POLICE ?
AU CONTRAIRE ! C'EST ELLE QUI NE VEUT PAS SE CHARGER DE L'AFFAIRE !
JE SUIS OBLIGÉ DE ME TOURNER VERS UN DÉTECTIVE POUR OBTENIR UNE ENQUÊTE SÉRIEUSE !
JE VOIS... ACCUSEZ-VOUS LA SOCIÉTÉ DE DISCRIMINER LES DÉMONS PACIFIÉS ?
PARFAITEMENT !
TAP
TAP
TAP
CE N'EST PAS DE GAIETÉ DE CŒUR QUE J'AGIS AINSI, CROYEZ-MOI !
OK, OK...
J'AI OUVERT UNE USINE DANS CETTE VILLE, JE SUIS ÉGALEMENT UN GÉNÉREUX MÉCÈNE...
JE ME RENDS À LA MESSE EN FAMILLE TOUS LES DIMANCHES...
VOILÀ PLUS DE VINGT ANS QUE JE N'AI PAS BU DE SANG HUMAIN !
ET POURTANT... LA POLICE MET DÉJÀ CETTE AFFAIRE DE CÔTÉ !
DONC, VOUS AVEZ PENSÉ À UN DÉTECTIVE ...

BOM
WAAH !
SPOF
AÏE...
UNE GAMINE... ELLE EST PEUT-ÊTRE ÉGARÉE ?
SI...
SIRE GODARD !!!

HAN !
PERSONNE NE SE MONTRE...
C'EST LA PREMIÈRE FOIS QU'UN MEURTRE CONCERNE DES VAMPIRES PACIFIÉS...
LE PIEU EN ARGENT DONT S'EST SERVI LE TUEUR...
... AVAIT ÉTÉ CONFISQUÉ PAR LE COMTE À UN CHASSEUR DE VAMPIRES QUATRE JOURS AUPARAVANT... IL L'AVAIT RANGÉ DANS UNE RÉSERVE DU CHÂTEAU...
C'EST PROBABLEMENT L'ŒUVRE D'UN COLLÈGUE DU CHASSEUR QUI AURA VOULU SE VENGER...
EN TOUT CAS, AUCUN SIGNE DE VIE À L'INTÉRIEUR...
BON...
SIRE GODARD !
CLING
ALLEZ ! À L'ENTRÉE DE SERVICE !
VSHHH
TAP
TAP
TAP
TAP
TAP
TAP
TAP

Sire Godard
Recrutement d'un détective Privé
RECRUTE DÉTECTIVE PRIVÉ – COMTE GODARD

AU CHÂTEAU VAGUE-DE-FOLIE…
SIRE GODARD !
RÉPONDEZ À NOS QUESTIONS !
SIRE GODARD !
UN COMMENTAIRE, S'IL VOUS PLAÎT !
CLANG
ガシャン
CLANG
ガシャン
CLANG
URGH… ÇA CAILLE !
MWSH

TRAGÉDIE NOCTURNE CHEZ LES VAMPIRES ! L'ÉPOUSE DU SIRE GODARD ASSASSINÉE !
No. 104
Le château du Vampire
DANS LA VILLE DE GIVRE, À QUELQUES KILOMÈTRES DE LA FRONTIÈRE, L'ÉPOUSE DU VAMPIRE PACIFIÉ GODARD, HANNAH GODARD, A ÉTÉ RETROUVÉE MORTE, PROBABLEMENT ASSASSINÉE.
PAS BON… DU TOUT…
No. 101
FRSH
CLAC CLAC CLAC CLAC CLAC CLAC CLAC CLAC
FRSH
LA COMTESSE A ÉTÉ ATTAQUÉE À L'INTÉRIEUR MÊME DE SA DEMEURE, LE CHÂTEAU VAGUE-DE-FOLIE.
ÇA PEUT DÉCLENCHER UNE GUERRE AVEC LES DÉMONS, ÇA…
FRSH
FRSH
VIOUUUU
Recruter les Détectives
FRSH
FRSH
UN PIEU EN ARGENT QUI ÉTAIT STOCKÉ DANS UNE RÉSERVE DU CHÂTEAU A SERVI D'ARME DU CRIME, LE CORPS A ÉGALEMENT ÉTÉ ASPERGÉ D'EAU BÉNITE.
LA PISTE DE CHASSEURS DE VAMPIRES EST PRIVILÉGIÉE PAR LA POLICE À CE STADE DE L'ENQUÊTE.

1898, VILLE DE GIVRE DANS L'EST DE LA FRANCE...
LA GAZETTE DU JOUR !
UN EXEMPLAIRE PAR PERSONNE !
GROLL
GROLL
BON... ENCORE DES ARTICLES SUR LA RÉCESSION...
HAHAHA !
TANT QU'ELLE N'ARRIVE PAS JUSQUE CHEZ NOUS !
FRSH
REMERCIONS LES VAMPIRES !
GRÂCE AUX AIDES GOUVERNEMENTALES POUR LA COHABITATION PACIFIQUE...
... NOUS AVONS DE QUOI PASSER L'HIVER AU CHAUD !
HMPF
No. 110
ET PUIS, ILS SE RENDENT MÊME À L'ÉGLISE LE DIMANCHE...
OH OH !
C'EST MAUVAIS ÇA...
FRSH
FRSH
FRSH
QU'Y A-T-IL ? TU FAIS UNE DRÔLE DE TÊTE !

LES PROGRÈS DE LA CIVILISATION AVAIENT PROVOQUÉ L'ÉRADICATION DES DÉMONS.
EN FRANCE, LA RÉVOLUTION AVAIT APPORTÉ LA LIBERTÉ ET L'ÉGALITÉ POUR TOUS LES CITOYENS.
ET LES DÉMONS SE VIRENT OFFRIR L'ACCÈS AUX "DROITS DE L'HOMME", À CONDITION QU'ILS JURENT DE NE PLUS S'ATTAQUER AUX ÊTRES HUMAINS.
UNE PARTIE DES VAMPIRES REFUSA D'OBÉIR À L'INJONCTION... QUANT À CEUX QUI PRÊTÈRENT SERMENT, IL FAUT BIEN AVOUER QUE LE PEUPLE NE LES VOYAIT TOUJOURS PAS D'UN TRÈS BON ŒIL...

SOURCE : RENÉ CHAR, PAUL ÉLUARD ET ANDRÉ BRETON, "PAGE BLANCHE", IN *RALENTIR TRAVAUX*.

# Chapitre 1 – Vampires (1re partie)

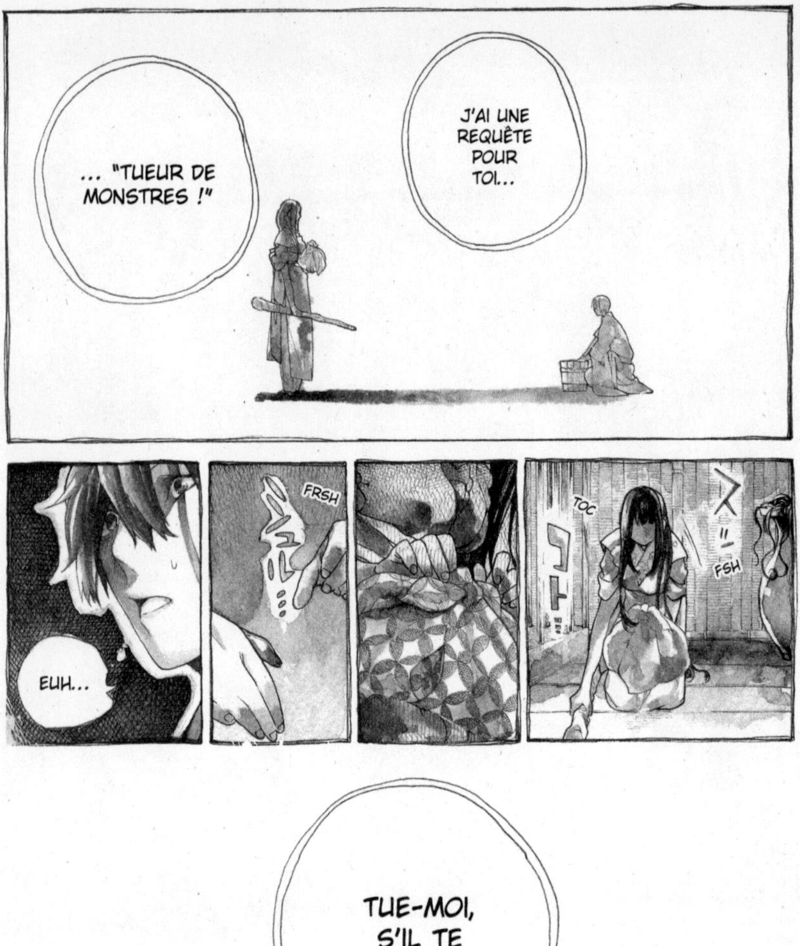

J'AI UNE REQUÊTE POUR TOI...
... "TUEUR DE MONSTRES !"
TOC
FSH
FRSH
EUH...
TUE-MOI, S'IL TE PLAIT !

ひやり…
FWUM
EH BEN...
... MERCI !
TING
ひく
ELLE EST SI BELLE...

* ELIXIR ANTI-CRIQUETS ** HOMME-TONNERRE - FEMME-DARUMA - FEMME-SERPENT *** FOIRE AUX MONSTRES **** BIENVENUE

## SOMMAIRE

# Undead Girl Murder Farce

Scénario (œuvre originale)
**YÛGO AOSAKI**
Dessin
**HARUKA TOMOYAMA**